Unterwürfiger Bibliothekarin

und andere Geschichten

Erika Sanders

Unterwürfiger Bibliothekarin und andere Geschichten

Erika Sanders
Serie
Herrschaft und erotische Unterwerfung

Zusammenfassung

Unterwürfiger Bibliothekarin ist ein Roman mit stark erotischem BDSM-Gehalt und wiederum ein neuer Roman aus der Erotic Domination-Sammlung, einer Reihe von Romanen mit hohem romantischen und erotischen BDSM-Gehalt.

(Alle Charaktere sind 18 Jahre oder älter)

Anmerkung zum Autorin:

Erika Sanders ist eine international bekannte Schriftstellerin, die in mehr als zwanzig Sprachen übersetzt wurde und ihre erotischsten Schriften, fernab ihrer üblichen Prosa, mit ihrem Mädchennamen signiert.

Index:

UNTERWÜRFIGER BIBLIOTHEKARIN UND ANDERE GESCHICHTEN
ERIKA SANDERS

UNTERWÜRFIGER BIBLIOTHEKARIN

13

"Miss, wären Sie so freundlich, mir zu zeigen, wo die erotischen Bücher sind?" sagte eine männliche Stimme hinter mir.

Ich erstarrte, meine Finger waren auf meiner Computertastatur fixiert.

Für einen Moment schloss ich meine Augen und schluckte.

Ich spürte, wie sich die unteren Muskeln in mir zusammenzogen.

Ich fühlte, wie meine Brustwarzen gegen den Satin meines BHs hart wurden.

Es waren nicht seine Worte, es war seine Stimme.

Das hat er mir angetan.

Ich hörte ihm auch jetzt noch zu, wo er still war, und es weckte mich mit dem Wunsch nach der nötigen Befreiung.

Es war sehr glatt.

Wie weiße Schokoladentrüffel rutschte mein Allheilmittel meinen Hals hinunter.

Tief, genau wie wenn ich ...

Ich atmete ein und ließ langsam den Atem los. Meine Finger kräuselten sich jetzt, als ich versuchte, mein Gleichgewicht zu halten.

"Ich würde Ihnen gerne helfen, Sir."

Ich stieß ein leises, aber hörbares Keuchen und ein unverkennbares Stöhnen aus.

Als ich mich umdrehte, hörte ich mein eigenes scharfes Atmen.

Er stand auf der anderen Seite der Rezeption, die Sonnenbrille noch auf, und seine festen Lippen zitterten leicht.

Mir wurde klar, dass ich lächeln wollte.

Ich fuhr mit meinen Augen über die Linien seines roten Schnurrbartes und seines Spitzbartes. Meine Zunge ragte heraus, um meine Unterlippe zu lecken, während ich versuchte, der Bewegung zu widerstehen.

"Die erotischen Bücher, Miss?"

Ich hob die Augen und stellte mir vor, welche Ideen ihm durch den Kopf gehen würden.

"Ja, Sir, auf diese Weise."

Ich ging um die Theke herum, meine Knie zitterten ein wenig.

Ich blieb stehen, um wieder ins Gleichgewicht zu kommen, und verfluchte mich dafür, dass ich heute die schwarzen Absätze trug.

Es wäre die Hölle, die Treppe zum Unterdeck hinunterzugehen.

Ich spürte die Hitze seines Körpers hinter mir, als wir zum Referenzabschnitt gingen.

Ich hielt meine Hände fest auf meinen Seiten und wollte ihn erreichen.

Ich wollte hinter ihm am richtigen Ort sein und mich von ihm führen lassen.

Aber ich behielt meine professionelle Gelassenheit und machte mich auf den Weg durch die Regale der Enzyklopädien.

"Ladies first", sagte er, als wir den Zugang erreichten, der nach unten führte.

Ich verdrehte die Augen und wusste, dass ich sie nicht sehen konnte.

Aber ein Teil von mir wünschte, er hätte es getan.

Ich unterdrückte ein Kichern und griff nach dem Handlauf, um den langsamen Abstieg zu beginnen.

Ich könnte ein böses Mädchen sein, wenn ich wollte.

"Gab es etwas Besonderes, das Sie gesucht haben, Sir?"

"Die Erotik-Romantik-Sektion. Ich habe den Namen, den ich suche, auf ein Stück Papier geschrieben. Lassen Sie mich sehen, ob ich ihn finden kann."

Wir waren ohne Unfälle am Boden angekommen, obwohl meine Ferse zweimal am Rand der schmalen Metallstufen hängen geblieben war.

"Neuer oder gebrauchter Herr? Der Rest der neuen Taschenbücher wird auch hier aufbewahrt. Wir bewahren sie nur ein paar Monate oben auf."

"Neu, besser."

"Dann müssten wir diesen Weg gehen", sagte ich ihm, bog nach links ab und ging in einen schwach beleuchteten Flur, wobei meine Herzfrequenz mit jedem Schritt anstieg.

Sein Atem wurde schwerer, als er mir folgte.

Unsere Schuhe klickten im Untergeschoss, und das Geräusch wurde durch die Bücherregale gedämpft, die uns umgaben.

Über uns summte und flackerte ein Licht.

Ich nahm mir vor, die defekte Glühbirne zu melden.

"Wie war der Name des Buches?"

"Ich kann meine Notiz scheinbar nicht finden. Aber der Autor begann mit E und nannte Sanders, Erika? Ich würde den Titel kennen, wenn ich ihn sehen würde."

Ich zeigte auf eine Reihe von Regalen auf der anderen Seite des Raumes.

"Dann wäre es besser, dort anzufangen."

"Nachdem du vermisst hast."

Ich fühlte seine Hand auf meinem Rücken, als wir uns dem richtigen Abschnitt näherten.

Ich schloss kurz die Augen und wollte stöhnen.

Es schien lange her zu sein, seit ich ihre Berührung spürte, obwohl es heute Morgen erst früh gewesen war.

Durch meine Bluse konnte ich fühlen, wie die Hitze seiner Haut meine verbrannte.

"Ich könnte dir beim Suchen helfen, wenn du mir einen Hinweis geben könntest. Ein Wort vielleicht?"

"Sex. Ich denke, es hatte etwas mit Sex zu tun."

Seine Stimme war ein leises Flüstern an meinem Ohr.

Dann drückte er sich gegen mich und schob mich zu einem kleinen Schreibtisch am Ende des Flurs.

Als ich nicht weiter gehen konnte, erhöhte es den Druck auf meinen unteren Rücken und lehnte mich nach vorne.

"Aber mein Interesse am Lesen nimmt gerade ab. Ich würde es lieber erleben."

Ich schnappte nach Luft und griff nach der Schreibtischkante, um mich zu stabilisieren.

Meine Brüste knallten gegen das kalte Hardtop.

Ich stöhnte bei dem Gefühl seiner Erregung durch seine Hose und meinen Rock, als er sich langsam von hinten an mir rieb.

Ich schluckte schwer, als seine Hand weiter nach Süden glitt und meinen Arsch streichelte.

Am Rock festhalten.

Ich zog mein Höschen auf die Knie.

Als seine Finger meine Muschi berührten und zwischen meine geschwollenen Lippen drückten, wimmerte ich laut.

"Shhh"

Er streichelte mich weiter so langsam, dass es verrückt wurde.

Seine andere Hand spielte mit meinen Haaren und lockerte das Brötchen, das ich heute Morgen akribisch platziert hatte.

Ich biss mir auf die Unterlippe und legte meine Wange auf den Schreibtisch.

Ich wimmerte erneut, als seine Hand zwischen meinen Beinen verschwand.

"Sei ein gutes Mädchen. Beweg dich nicht."

Ich hörte ihn seinen Gürtel öffnen und seine Hose öffnen.

Ich hörte sein leises Seufzen, als er wahrscheinlich seinen Schwanz aus den Engen seiner Boxershorts befreite.

Ich hörte mein eigenes Herz wild in meinen Ohren schlagen.

"Jetzt denken Sie daran, Miss, wir sind in einer Bibliothek. Ich habe gehört, dass es strenge Regeln für laute Geräusche gibt. Und die Strafe für das Brechen dieser Regeln ... nun, ich bin sicher, Sie wissen, was die Pflichten eines Bibliothekars sind und all das. ".

Seine Finger streichelten wieder meine Muschi.

Aber etwas stimmte nicht.

Er packte auch meine Hüften mit beiden Händen.

Ich stöhnte vor Freude, als mir klar wurde, dass sein Schwanz mich dort rieb.

Ein lautes Knacken ertönte, als es meinen nackten Hintern traf und mich springen und schreien ließ.

"Ich habe dir eine Frage gestellt, Miss."

"Es tut mir leid, Sir."

"Bist du aufgeregt?"

"Jawohl."

Er drückte sich vorwärts, sein Schwanz drang leicht ein, als er seine Hüften hin und her schaukelte.

Ich spreizte meine Beine so weit ich konnte, während mein Höschen immer noch meine Knie zusammenbrachte.

Sobald er vollständig in mir war, fuhr er mit einer Hand über meinen unteren Rücken.

Er wickelte meine losen Haare um seine andere Hand und zog daran.

Ich schrie und schaute auf die kalte graue Wand.

Er hatte sie so groß in mir und streckte mich weit.

Er keuchte, als er gemächlich ein- und ausging.

Er schlug mich wieder auf den Hintern und beugte mich dann wieder über den Schreibtisch.

"Das ist ein gutes Mädchen. Schön und eng. Sehr nass. So wie dein Lord sie mag."

Ich stöhnte und mein Körper bat ihn, mich zum Höhepunkt zu bringen.

Wieder schwankte ich gegen ihn und folgte seinem Rhythmus.

Das hat mir einen weiteren Schlag eingebracht.

"Beweg dich nicht, Kleiner. Ich ficke dich. Du wirst später deine Chance bekommen. Und halt die Klappe."

Ich habe versucht, keinen Lärm zu machen.

Ich habe mich sehr bemüht.

Ich wusste, dass noch andere Leute in der Bibliothek waren, aber niemand ging in den Keller.

Aber von all den Tagen, an denen jemand hier herumlaufen kann, könnte heute der Tag sein.

Und doch wünschte ich mir auch, jemand würde uns beim Ficken finden, damit ich dieses Stück Exhibitionismus annehmen könnte, das irgendwo in mir verborgen ist.

Als er jedoch eintauchte und sich zurückzog und an meinen Haaren zog, musste ich stöhnen und nach Luft schnappen.

Schreiend, als er sich entschied, mich zu schlagen.

Er hat mich einige lange Minuten gefickt.

Es fühlte sich so gut an.

In diesem Winkel konnte sie jedoch keinen Orgasmus erreichen.

Und er wusste es.

Er ließ meinen Rücken los, packte immer noch meine Haare und schlug auf meinen Arsch.

Stark.

Seine Stimme zischte, als er fragte:

"Magst du das Baby?"

Ich knurrte.

"Ja, Sir! Ich mag es hart"

"Ja, was, Kleiner?"

Es traf mich wieder.

Die hohen Geräusche und kurzen Schmerzen, als seine Hand sich mit meiner nackten Haut verband, konkurrierten mit meinen Schreien.

Zumal er seinen großen Schwanz weiter in meine Muschi schob.

Ich konnte nicht denken.

Ich konnte nicht sprechen

"Ich warte."

Ein weiterer Treffer.

"Wenn ich liebe!" Ich keuchte.

"Gutes Mädchen."

Seine freie Hand glitt unter mich und streichelte meinen Kitzler.

Ich schrie, als mein Körper zitterte.

Aber es war nicht lange genug.

Seine Hand verschwand und er zog sich plötzlich vollständig zurück.

"Steh auf, Kleiner, und dreh dich um."

Meine Beine waren taub, als ich gehorchte.

Ich lehnte meinen Hintern für einen Moment gegen den Schreibtisch, aber er zog mich sofort wieder hoch und verzog das Gesicht.

Ich hätte nicht gedacht, dass ich ein paar Stunden sitzen könnte.

"Zieh Dich aus."

Ich öffnete meinen Mund, schloss ihn aber, als ich sah, dass er seinen Kopf nach unten neigte und mich über die Kante seiner Sonnenbrille hinweg ansah.

Ich knöpfte meinen Rock auf, schob ihn herunter und zog dabei mein Höschen herunter.

Ich knöpfte meine Bluse auf, zog sie aus und legte meinen BH auf den wachsenden Haufen auf dem Boden.

Er sah mich mit einem Lächeln auf den Lippen an, und seine Zunge ragte jedes Mal heraus, wenn mehr von meiner Haut sichtbar wurde.

Dann lockerte er seine Krawatte und ließ sie los.

Er drehte seinen Finger in der Luft.

Ich drehte mich noch einmal um.

Lautlos nahm er meine Hände, zog sie hinter meinen Rücken und band sie mit seiner Krawatte zusammen.

Dann drückte er meine Schulter und ich sah ihn wieder an.

"Zurücklehnen."

Ich biss mir auf die Unterlippe, gehorchte aber.

Mein Hintern tat immer noch sehr weh, besonders als die Kante des Schreibtisches in meine verletzten Muskeln grub.

Und jetzt, wo meine Hände auch hinter meinem Rücken gefesselt waren, konnte ich sie nicht verwenden, um meinen Körper zu stützen.

"Spreiz deine Beine. Gutes Mädchen."

Er legte seine linke Hand auf meine rechte Schulter, um mich auszugleichen, bevor er meine Muschi mit seiner anderen Hand bedeckte.

Ich schloss die Augen, als zwei seiner Finger zwischen meine geschwollenen Lippen drückten und meinen Kitzler rieben.

Ich ließ meinen Kopf zurückfallen und trat von ihm weg zur Wand hinter mir.

Er zwang meine Beine sich weiter zu spreizen und hob meine Muschi, damit seine Finger tiefer streichelten.

Ich habe alles über den Schmerz vergessen.

Und wie verletzlich es war, wenn uns jemand erwischte.

Ich konnte nur daran denken, diese Klippe zu treffen und mit dem Kopf voran zu fallen.

Ich kletterte, kletterte und kletterte ... stöhnte während meiner Zustimmung.

"Oh Baby. Was habe ich dir über das Schweigen erzählt?"

Ich schnappte nach Luft, als er seine Hand zurückzog und mich auf die Füße zog.

"Geh auf die Knie."

Ich wimmerte, als er mir auf die Knie half.

Meine Hände ruhten auf meinem wunden Hintern.

Die Kanten seiner Krawatte berührten meine Oberschenkel.

Ich konnte immer noch den Stich seiner Berührung spüren, die Wärme meiner Haut, wo seine Hände gewesen waren.

Meine Muschi krampfte sich jetzt von der Leere dort zusammen.

"Öffne den Mund."

Ich legte meinen Kopf zurück und ließ meinen Kiefer fallen.

"Gutes Mädchen."

Er streichelte für einen Moment meine Wange mit dem Rücken seiner Finger.

Dann steckte er seinen Daumen in meinen Mund, befeuchtete ihn mit meiner Zunge und rieb seinen Finger über meine Unterlippe.

"Du bist so verdammt hübsch, meine Dame. Mein Mädchen."

Damit hob er seinen Schwanz und ersetzte seinen Daumen durch den Kopf seines Schwanzes.

"Leck es."

Ich streckte meine Zunge heraus und bedeckte die Spitze mit meinem Speichel.

Er rieb seinen Schwanz von einer Seite zur anderen und um meine Lippen.

Und dann stöhnte ich.

"Was mache ich jetzt mit den Geräuschen, die du machst?"

Er umfasste mein Kinn, zog sanft daran, dass ich mich weiter öffnete, und schob dann seinen Schwanz in meinen Mund, bis er auf meiner Zunge ruhte.

"Ja, das könnte funktionieren, um dich zum Schweigen zu bringen."

Ich blinzelte, hielt aber meine Augen auf sein Gesicht gerichtet.

In seinem Lächeln konnte ich mein Spiegelbild in seiner Brille sehen und ich stöhnte erneut.

Er schob seinen Schwanz tiefer in meinen Mund und ließ mich würgen.

Er zog sich langsam zurück und ging dann wieder hinein.

Immer wieder füllte er meinen Mund und seine steife Haut rieb an meinen nassen Lippen.

Er zog sich vollständig zurück und schlug seinen Schwanz ein paar Mal gegen meine Lippen.

"Tief durchatmen."

Ich schloss meinen Mund und schluckte, schmeckte meine eigenen Flüssigkeiten und ihr Precum auf meiner Zunge und öffnete es dann wieder.

"Was für ein gutes Mädchen."

Er fuhr fort, seinen Schwanz wieder in meinen Mund zu schieben, seine Hände auf beiden Seiten meines Kopfes.

Dann schob er seine Hüften von einer Seite zur anderen und fickte meinen Mund, als hätte er meine Muschi.

Er fuhr einige lange Minuten fort, packte meine Haare jetzt mit einer Hand und hielt meinen Kopf zurück.

Von Zeit zu Zeit sagte er mir, ich solle nur die Krone lutschen oder lecken.

Und er hörte manchmal auf, vergrub seinen Schwanz so tief, dass ich ihn in meinem Hals spüren konnte und ich spürte seine Eier an meinem Kinn, der würzige Geruch seiner Männlichkeit drang in meine Nase ein.

Er bückte sich und drückte mehrmals meine Brustwarze oder streichelte meine Brust, aber er brauchte nie zu lange und füllte meinen Mund immer wieder mit seinem Schwanz in der Tiefe und Geschwindigkeit, die ich wünschte.

Ich beschwerte mich und wimmerte, aber die Geräusche, die ich jetzt machte, waren gedämpft.

Und die ganze Zeit flüsterte er ermutigende Worte.

"Das ist das gute Mädchen deines Herrn. Gott, es fühlt sich so gut an, wenn dein Mund um meinen Schwanz gewickelt ist. Ja Baby. So. Mmmm. Weiter so."

Bei all dieser Bewegung glitt meine Brille über meine Nase.

"Schau mich an, Kleiner. Oh Baby, du bist so verdammt heiß. Mein Schwanz in deinem Mund, deine Augen auf mich. Du bist so hilflos, meiner Gnade ausgeliefert. Und diese Brille. Oh Scheiße!"

Er fickte mich noch ein paar Mal und dann spürte ich, wie sein heißes Sperma meinen Hals traf.

Er hielt meinen Kopf ruhig, sein Schwanz drückte gegen meine Zunge und das Dach meines Mundes.

Als er fertig war, sagte er:

"Leck es. Mach es sauber, Baby."

Ich tat mein Bestes, ohne meine Hände zu benutzen.

"Das ist mein gutes Mädchen."

Er streichelte meine Haare, bis er zufrieden war.

Er half mir auf die Beine und setzte mich auf den Schreibtisch.

Bevor ich reagieren konnte, steckte er eine Hand in meine Muschi und bedeckte meinen Mund mit seiner, wodurch mein Überraschungsschrei zum Schweigen gebracht wurde.

Seine andere Hand bedeckte eine meiner Brüste und streichelte schließlich meine schmerzende Brustwarze unter seiner Handfläche.

"Komm für deinen Herrn, Baby", flüsterte er, als er mich atmen ließ.

Dann küsste er mich wieder und drückte seine Zunge gegen meine, während seine Finger mit meinem Kitzler spielten.

Diesmal stieg ich auf diese Klippe und fiel schließlich, mein Körper zitterte darunter.

Er schluckte meine Schreie, sein Körper bedeckte meinen und drückte mich gegen den Schreibtisch und die Wand, bis ich noch unter ihm war.

Ich blinzelte, als er zurücktrat, seinen Schwanz weglegte und seine Kleidung glättete.

Er half mir wieder auf die Beine und löste meine Handgelenke.

"Zieh dich an, Kleiner. Repariere deine Haare."

Ich hob benommen meine Kleidung vom Boden auf.

Ich band meine Haare schnell zu einem Knoten zusammen und richtete meine Brille auf.

Als ich wieder gepflegt war, umfasste sie meine Wange und lächelte mich an.

"Nun zu dem Buch, nach dem ich gesucht habe ..."

Ich räusperte mich und zog zufällig ein Buch aus dem Regal.

"Ich denke, das ist das, was Sie wollten, Sir. Es war die ganze Zeit hier zu sehen."

"Was für ein Grund sind Sie, Miss. Ich bin so froh, dass es eine kompetente Bibliothekarin gibt, wenn sie gebraucht wird."

"Wann immer Sie wollen, Sir", lächelte ich ihn an und trat aus den Regalen. "Wann immer du willst, soll ich dir in allem dienen, was du brauchst."

SEXUELLER WUNSCH

27

Meine Liebe, ich möchte, dass Sie vor Ihrem Computer sitzen und ein Bild zeigen, ein visuelles Stück, wie eine Katze.

Nicht das Gesicht und der Körper, nur die Knie gebeugt und die Beine offen.

Mit langen und schönen eleganten Fingern, die die Vaginallippen leicht trennen.

Stellen Sie sich vor, Sie gehen hinein und setzen sich an diesen voll ausgestatteten Schreibtisch.

Aber da Ihr Stuhl Arme hat, lege ich meine Füße in schwarze hochhackige Lederschuhe, Fußfesseln und spitze Zehen auf beiden Seiten von Ihnen.

Sie lehnen sich zurück und lächeln und ich lehne mich auch lächelnd zurück.

Ich hebe mein seidig schwarzes, schmales Kleid hoch und du siehst, dass mein Höschen fehlt und das Leuchten meiner Feuchtigkeit in meinem Schlitz bereits spürbar ist.

Sie sehen die Spitze eines schwarzen Korsetts, an dem auch die Strümpfe befestigt sind.

Ich hebe mein Kleid mit beiden Händen hoch, fahre es über meinen Kopf und enthülle das einige Zentimeter breite Lederkorsett.

Meine Brustwarzen sind aufrecht und hoch, wenn sie von oben herausragen.

Sie verneigen sich, aber ich bin hier, um mit Ihnen zu spielen, und ich trage meine spitzen Schuhe, um Sie dort zu halten, wo Sie sind.

Ich sehe einen Schwanz, der merklich wächst und der aus seiner Hose kommen muss und dich bittet, ihn zu öffnen.

Ich fahre mit meiner Zunge lächelnd über meine Lippen, während du meine Hose runterrutschst.

Der Kopf Ihres Penis ragt aus Ihren Boxershorts heraus und auch dieser hat einen leicht fordernden Glanz.

Das ist aus gutem Grund so.

Dieser Anblick deines aufrechten Schwanzes macht mich plötzlich an und ich bitte dich, mich zu lecken.

Sie beugen sich vor und tun es, indem Sie meine Lippen leicht öffnen, um meinen Kitzler zu finden.

Du nimmst es in den Mund, damit es ein bisschen mehr herauskommt.

Ich brauchte nur diese Berührung deiner Zunge, um mich hundert zu bekommen.

Während ich mich niederlasse, bitte ich Sie, Ihren Schwanz mit der anderen Hand zu nehmen und ihn leicht zu streicheln.

Ja, aber ich kann Ihnen sagen, dass Sie mehr brauchen, es ist nicht genug.

Ich zwinge dich, auf die Knie zu gehen, um dich vollständig in meinen Mund zu nehmen, abwechselnd von der Basis nach oben, oben und unten und zurück zu den Bällen zu lecken und die Innenseite zu lecken, wo das l ist. 'Schritt.

Du magst, was du siehst, wenn ich auf den Knien bin, mein Arsch ist nur ein paar Zentimeter breit und mein Anus ist eng und bequem.

Ich stehe auf, weil ich dem Höhepunkt zu nahe komme.

Ich ziehe dich auf deine Füße und deine Hose geht über deine Knie.

Sie haben immer noch Ihre Schuhe, Ihre Krawatte ist noch gebunden, aber Ihr Hemd ist unten aufgeknöpft.

Ich liebe es, so viel Haut wie möglich zu sehen.

Jetzt, wo du auf den Beinen bist, bitte ich dich, mir den Rücken zu kehren.

Öffne deine Beine genug, um hinter dir zu knien.

Meine Zunge leckt deine Beine, leckt deine Eier und runter bis zum Schlitz deines Arsches, leckt und dreht deine Zunge um deinen Anus.

Ich nehme einen Vibrator aus meiner Tasche und frage, ob ich ihn bei Ihnen verwenden kann, aber bevor ich antworte, lege ich ihn auf Ihre Haut.

Mit meinem Mund habe ich Speichel überall in meinem Arsch gelassen, so dass du alles geschmiert hast.

Ich stelle es auf niedrige Geschwindigkeit und laufe es durch deine Eier und zwischen den Bällen und deinem Arschloch.

Meine andere Hand läuft zwischen deinen Beinen und packt deinen Schwanz, streichelt ihn und streichelt ihn.

Der Vibrator fühlt sich gut in deinem Arsch an.

Ich lege es neben deinen Anus und schiebe eines der beiden Enden, das Ende, das auch mein Favorit ist.

Es gleitet hinein und ich lege das andere Ende wieder in Richtung Mitte, wieder hinter deine Eier, um zu sehen, wie das Gefühl dich auf eine andere Ebene bringt.

Ihre Hände greifen nach dem Schreibtisch und Ihre Augen sind geschlossen, um dem nachzugeben, was ich tun möchte.

Aber ich bleibe so und streichle ein bisschen, während ich dich durch das Summen fragen lasse, was als nächstes passieren wird.

Ich halte abrupt an und sage dir, du sollst dich umdrehen.

Sie tun und Ihr Gesicht ist rot.

Sie genießen es wirklich und nähern sich dem Zustand, den Sie wollen.

Aber ich würde lieber langsamer fahren, um dich wieder in meinen Mund zu bekommen.

Ich bin so heiß wie die Hölle und verliere die Kontrolle.

Also lasse ich dich sitzen und knie mich vor dich und ich bitte dich, dich zu streicheln, aber langsam.

"Streichel meine Liebe."

Als ich mich vor dich knie und mich auf die Fersen lege.

Ich schalte den Vibrator ein und reibe ihn außerhalb meiner Vagina an der Klitoris.

Ich brauche weniger als eine Sekunde, um zum Orgasmus zu gelangen.

Meine Beine und Knie sind offen und ich werfe meinen Kopf zurück und strecke meine Muschi mit meinen Händen, damit du siehst, wie sich die Muskeln meines Orgasmus bewegen.

Ich halte den Vibrator, bis ich fertig bin und mein eigener Saft überläuft.

Ich sehe dich an und du masturbierst und erhöhst das Tempo.

Dein Tempo hat zugenommen und es ist so aufregend, dass ich mich hinknie und dich anflehe, auf mein Gesicht und meine Brust zu kommen.

Und ja, definitiv tust du das.

Ich sehe, wie die Spritzer deiner Milch mich erreichen.

Aber am Ende werfen Sie die Jets auf den Computerbildschirm und auf die Tastatur.

Wir verabschieden uns bis zu einem anderen Zeitpunkt und Sie schalten die Webcam aus.

NASS WILLKOMMEN

33

Glenn kommt von einem anstrengenden Arbeitstag nach Hause und lässt seine Aktentasche und seinen Mantel an der Tür stehen.

Er findet das Haus ungewöhnlich ruhig, achtet aber nicht besonders darauf und geht ins Schlafzimmer.

Als er die Treppe hinaufsteigt, riecht er den wunderbaren Duft des Parfüms seiner geliebten Frau Susan.

Als er den Treppenabsatz erreicht, hört er leise Musikgeräusche, die leise durch seine Schlafzimmertür dringen.

Er macht keine Geräusche und öffnet langsam die Tür.

"Susan?" sagt er mit ziemlich tiefer männlicher Stimme.

Als sich die Tür immer weiter öffnet, lässt ihn der Anblick ihres nackten Körpers, der auf dem Bett liegt, zittern.

"Ja Baby." sagt sie mit schwüler Stimme.

Er geht auf das Bett zu, aber sie signalisiert ihm, dass er aufhören soll.

Verwirrt tut er, was sie ihm sagt, um zu wissen, dass sie etwas im Sinn hat.

Sie steht auf.

Sein Körper bewegt sich mit großer Anmut.

Er kann nicht anders, als sich auf ihre üppige Brust zu fixieren und sich leicht zu bewegen, als sie auf ihn zugeht.

Fühle, wie sich dein Schwanz versteift, wenn deine Gedanken durchgehen

"Sie ist so schön".

Sie streckt ihre Hände aus und schnallt seinen Gürtel ab.

Auch seine Hose knöpft er auf und zieht sie runter.

Das lässt ihn vor Aufregung zittern.

Als sie ihn so aufgeregt sieht, lächelt sie und zieht seine Boxer mit dem hungrigen Bedürfnis nach unten, sein hartes Glied zu lutschen.

Sie legt sanft ihre Hände auf seinen jetzt aufrechten Schwanz und streichelt ihn langsam.

Dann streckt er die Zunge heraus und leckt sich den Kopf, bevor er ihn in den Mund nimmt.

Er stöhnt, als sie anfängt, seinen harten Schwanz zu lutschen.

Bewegen Sie es schneller und schneller in seinen Mund hinein und aus ihm heraus.

Kehren Sie dann langsam zu einem tiefen Schlag zurück und rollen Sie Ihre Zunge um den Kopf, während Sie ihn mit Ihrer Hand streicheln.

Er stöhnt, als ihre Hand den rosa Kopf seines Schwanzes streichelt.

Dann leckt er seine Eier bis zur Spitze seines Schwanzes.

Sie nimmt es aus ihrem Mund und steht auf, um ihn leidenschaftlich zu küssen, während sie sein Hemd auszieht.

Er schlang seine warmen Arme um sie, zog sie näher an sich und spürte, wie ihre Brüste gegen seine Brust gedrückt wurden.

Während sie sich küssen, laufen seine Hände über ihren Körper und fühlen ihre weiche Haut unter seinen Fingerspitzen.

Seine Hände bewegen sich über ihren Hintern und er drückt ihn fest.

Er hebt sie in ihren Arsch, indem er seine Beine um ihre Taille legt und zum Bett geht.

Er legt sie sanft hin und bewegt sich auf sie.

Er küsst sie tief bis zu ihrem Hals und ihrer Brust.

Langsam leckt er näher und näher an ihrer rechten Brust, jetzt errichtete er die Brustwarze.

Er steckt ihre Brustwarze in seinen Mund, saugt daran und beißt sie sanft.

Er bewegt sich zur anderen Brust, greift nach unten und beginnt, ihren Kitzler zu reiben, wodurch sie ihre Atmung erhöht und anfängt, leicht zu stöhnen.

Er reibt sich schneller, als er ihren Bauch küsst und sich auf ihren Bauchnabel konzentriert.

Sie hat das Gefühl, dass sie sehr nass wird und ihre Atmung schneller wird.

Er küsst ihren süßen Hügel und ersetzt dann seine Finger durch seine Zunge.

Saugen und sanft in ihren Kitzler beißen.

Dies schickt sie auf eine Welle des Vergnügens und stöhnt.

Dann führt er einen Finger über die Lippen ihrer geschwollenen Fotze in diese geheime, rutschige Stelle.

Er schiebt seinen Finger langsam hinein und heraus und stürzt dann einen weiteren Finger ein, während sie stöhnt.

Er konzentriert sich weiterhin darauf, an ihrem Kitzler zu saugen, während seine Finger diesen besonderen Ort in ihr, von dem er weiß, dass er sie absolut verrückt macht, kostbar schlagen.

Sie stöhnt laut und spürt ein Kribbeln von ihrem rechten Bein hoch und um ihren Körper herum und raus auf ihr linkes Bein.

"Oh Baby!" sie stöhnt, "Das fühlt sich so gut an!"

Glenn weiß, dass sie, wenn sie so weitermacht, definitiv an ihre Grenzen gehen wird, also verlangsamt er sich und küsst ihren Körper zurück, um ihren Mund zu verschlingen.

Sie teilen einen leidenschaftlichen Kuss.

Ihre Zungen tanzen zusammen.

Er nimmt seine Finger von ihrer jetzt durchnässten Muschi und beginnt ihre rechte Brust zu massieren.

Ihr Stöhnen wurde durch Küsse unterdrückt.

Der Kuss bricht und sie flüstert ihm ins Ohr:

"Ich brauche dich in mir, Baby."

Die Erwähnung seines harten Schwanzes, der in die feuchte Muschi seines Geliebten gleitet, lässt ihn vor Geilheit knurren und sich auf sie bewegen.

Er spreizt ihre Beine mit ihren Hüften und positioniert sich, um in sie einzutreten.

Spielen Sie damit, setzen Sie nur den Kopf ein und ziehen Sie sich dann langsam zurück.

"Bitte gib mir alles." sie fleht ihn an, aber er setzt sich durch und folgt dem Rhythmus des Spiels, indem er nur die Spitze stößt und sie zurückzieht, wenn sie anfängt zu stöhnen.

Schließlich treibt er an einem unerwarteten Punkt seinen harten Schwanz bis zum Ende, um sie zum Schreien zu bringen.

Er beginnt langsam mit langen, harten Stößen in sie hinein und heraus zu schieben.

Er beginnt stärker und schneller zu streicheln und zieht ihren Hintern für ein tieferes Eindringen.

"Oh Gott, du fühlst dich so gut in mir. Ich liebe dich so sehr, wenn du meine Muschi fickst."

Daraufhin knurrt er und zieht sich plötzlich zurück.

Er deutet ihr an, sich umzudrehen, und sie tut dies schnell mit einem Sprung der Aufregung.

Er weiß, dass es eine seiner Lieblingspositionen ist, sie von hinten zu betreten, und er liebt es auch, es ihr so zu geben.

Er steckt seinen Schwanz in sie und beginnt hart und schnell zu stoßen.

Sie stöhnt laut und sagt es ihm lauter.

Er liebt es, seine schöne Frau zu ficken, also wird er immer härter mit ihr.

Sein Körper und seine Eier schlugen gegen seinen jetzt roten Arsch.

Sie beginnt zu ihren Stößen zurückzukehren und drückt seinen Schwanz noch tiefer.

Sie stöhnen beide vor Vergnügen.

"Oh, ich werde kommen, Baby. Bist du bereit für meine Milch?"

"Oh ja Baby, ich werde auch kommen."

Noch ein paar Streicheleinheiten und Susan schreit vor Vergnügen und ihr Körper beginnt zu zittern, als ihr Orgasmus sie überwältigt.

Glenn spürt, wie die Wände ihrer Muschi anfangen, seinen Schwanz zu melken und sie kann es nicht mehr ertragen.

Er knurrt ihren Namen und schießt sein heißes Sperma tief in ihre jetzt cremige und feuchte Muschi.

Susan, erschöpft von seiner Explosion, ruht auf ihren Ellbogen, als sie spürt, wie er noch ein paar Spritzer Sperma in sie spritzt.

Zufrieden und versucht, nicht auf sie zu fallen, zieht er sich langsam von ihrer Muschi zurück und packt sie an der Taille und zieht sie mit sich auf das Bett.

Sie schauen sich in die Augen, beide getrübt von den mächtigen Orgasmen, die vor wenigen Sekunden durch ihren Körper gegangen waren.

Eine Befriedigung der gegenseitigen Bekanntschaft bleibt im Raum, als die beiden in den Armen des anderen einschlafen.

FÜR DIESEN ANLASS ANGEZOGEN

Die Stille der Nacht umgab sie, drückte sie mit ihrer Gelassenheit und versuchte, ihre Angst zu beruhigen.

Das konnte sie jedoch nicht beruhigen.

Ungezügelte Gefühle, an die sie nicht gewöhnt war und die sie noch nie zuvor erlebt hatte, schossen durch ihren Körper und machten sie nervös.

Ihre Absätze klickten leise über den gepflasterten Weg, als sie zum Himmel aufblickte.

Warum gehst du heute Abend dorthin?

Warum hatte sie sich so angezogen?

Sie konnte die Kraft spüren, die sein Blick auf sie hatte.

Sie seufzte und erlaubte ihren Gedanken, nicht mehr an die Ereignisse zu denken, die heute Abend passieren könnten.

* * *

Es fühlte sich an, als wäre jeder Blick auf sie gerichtet, als sie die Räumlichkeiten betrat.

Ihre hochhackigen Schuhe klickten gegen den Holzboden, als sie über die Tanzfläche schritt und sich der Bar näherte.

Der Rock ihres rot-schwarzen Outfits schwankte bei jedem Schritt von einer Seite zur anderen, der rote Streifen floss gegen ihr Knie, während der schwarze ein paar Zentimeter darüber ruhte.

Die Bluse hing lose an ihren Schultern, über ihre Brüste, sprang gerade genug auf, um bei jedem Schritt Aufmerksamkeit zu erregen und zeigte einen großzügigen Hautanteil.

Und ohne BH.

Sie wusste, wie sie in diesem Outfit aussah.

Es sah aus wie eine Schlampe.

Sie hatte den Look mit einem schwarzen Spitzenhalsband um den Hals und einem Hauch von rotem Lippenstift beendet.

Er saß zwischen einem Mann und einer Frau und lächelte den Kellner an.

"Hallo James"

"Samy. Wie schön ist es dich wieder zu sehen." Er ließ seine Augen langsam über sie über ihr Gesicht und ihre Brüste gleiten. "Sehr gut. Und für wen ist der Anlass?"

Sie schüttelte den Kopf und lächelte, wodurch eine Locke über ihr Ohr fiel.

"Es gibt keinen Anlass. Ich wollte mich nur so anziehen."

Er griff über die Bar und steckte die Locke hinter ihr Ohr.

Seine Finger berührten ihre Wange und sie vergaß fast zu atmen.

"Du solltest dich öfter so anziehen."

"Vielleicht werde ich."

"Ich werde jetzt nachts gegen elf die Arbeit verlassen. Möchtest du später tanzen?"

Sie nickte langsam und konnte ihren Blick nicht von seinem losreißen.

Mit sehr langsamer Präzision beugte er sich über die Bar und brachte seine Lippen näher an ihre, vertiefte den Kuss so weit, dass sie mehr wollte, bevor er sich zurückzog.

"Ungefähr zwanzig Minuten."

* * *

Diese zwanzig Minuten waren in Samys Leben nie länger gewesen.

Sie beobachtete die ganze Zeit alles um sich herum und bemerkte jede Bewegung, die er machte, ohne ihn überhaupt anzusehen.

Es war, als ob ihre Sinne mit ihrem Körper übereinstimmten, aber sie zuckte immer noch zusammen, als er sie auf dem Schulterrücken berührte.

Er hatte den Kragen seines schwarzen Hemdes aufgeknöpft und lächelte sie an und streckte seine Hand aus.

"Ich denke du schuldest mir einen Tanz."

Als sie ihre Hand in seine legte, war es, als ob eine kleine Entladung von Elektrizität durch ihren Körper ging.

Er lächelte, als er sie zu einer Ecke der Tanzfläche führte und sie dann an seinen Körper zog, als sich das Lied änderte.

Es war langsam und verführerisch und sein Schlag schien ihrem Herzen zu entsprechen, als sie sich gegen ihn drückte.

Und dann war sie sich plötzlich der harten Konturen bewusst, die sich gegen seinen weichen Körper kräuselten.

Sie schlang ihre Arme um ihn und drückte ihre weichen Rückenkurven mit ihren Händen, während sie hin und her schaukelten.

Er beugte sich vor und drückte seine Lippen gegen ihre, teilte sie sanft und verführte sie mit seiner Zunge.

Seine Hand glitt tiefer über ihren Rücken, ruhte auf ihrer Hüfte und rutschte tief genug, um eine Arschbacke zu streicheln, als er ihren Unterkörper gegen seinen zog.

Sie schnappte nach Luft, als er wirklich fest gegen sie drückte und sie hätte schwören können, dass sie ihn stöhnen hörte.

Aber genau wie er, rief der andere Kellner ihn an und er seufzte und senkte seinen Kopf zurück.

"Samy ... ich bin gleich wieder da. Ich schwöre, ich werde es tun. Geh nirgendwo hin."

Sie nickte dumm, als sie von der Tanzfläche in eine abgelegene Kabine ging.

Er sah, wie James zur Bar zurückkehrte, sich wieder über ihn beugte und mit Joseph sprach.

Joseph war der Ersatz-Barkeeper für die Nacht.

Er übernahm immer, wenn James in den Ruhestand ging.

Als er eine große, langbeinige Blondine zu sich kommen sah, wurde ihm etwas klar.

Sie war nicht so ein Mädchen.

Er hatte keine Ahnung, was er tat.

James war der Typ Mann, der immer ein Mädchen zur Verfügung hatte, jedes große, blonde, super sexy Mädchen.

Und sie war klein, brünett und Latina.

Sie rannte los.

So schnell und leise er konnte.

Er ging zur Tür und als er über seine Schulter sah, sah er die Blondine, die sich dicht an James beugte und mit ihren Fingern über seinen Arm fuhr.

Sie seufzte und schüttelte den Kopf, als sie ihren Weg fortsetzte.

Es wäre nicht gut, anzuhalten und darüber nachzudenken.

Ihre Füße fingen an, von ihren Fersen zu schmerzen, also zog sie sie ab und trat vom Kopfsteinpflasterweg, wobei ihre Füße sie zum Ufer des Flusses führten, den sie so gut kannte.

Er tauchte mit den Füßen in das Flussufer und starrte nur lange auf das Wasser.

"Was habe ich gedacht?" Sie murmelte schließlich.

"Das würde ich gerne wissen."

Sie schrie fast, als sie sich umdrehte.

James stand hinter ihr, die Arme wütend verschränkt und die Stirn gerunzelt.

Aber das Stirnrunzeln wurde langsam durch einen Ausdruck von Verwirrung und Besorgnis ersetzt.

"Samy, du weinst. Was ist los mit dir?"

Sie sah von ihm weg und überquerte den Fluss zum anderen grasbewachsenen Ufer.

"Ich hätte es nicht tun sollen. Ich hätte heute Abend nicht so gekleidet in die Bar kommen sollen. Ich hätte nicht gedacht, dass ich eine Chance hätte."

"Samy, wovon zum Teufel redest du?"

Er griff hinüber und ließ seine Hand auf ihre Schulter fallen.

Sie zitterte, ihr war kalt.

Er zog hastig seinen Mantel aus, warf ihn über ihre Schultern und trat hinter sie, um ihre Arme zu reiben.

"Du hast dort wunderschön ausgesehen. Ich glaube, ich habe vergessen, wie ich atmen musste, als du reinkamst."

"Ich habe die Frauen gesehen, mit denen du normalerweise zusammen bist. Ich bin nicht wie sie, James. Ich bin nicht elegant oder super sexy. Ich bin weder blond noch groß noch langbeinig, noch habe ich einen perfekten Körper wie sie. Ich habe keine Lösung darin dagegen. Er wusste nicht einmal, was er tat. " Sie beendete im Flüsterton.

"Wirklich? Du hättest mich da rein täuschen können."

Er drehte sie zu sich und beugte sich vor, drückte seine Lippen an ihren Hals.

Sie schauderte.

"Dein Körper fühlte sich perfekt an, als du mich auf dieser Tanzfläche gegen dich gedrückt hast."

Er streckte die Hand aus, umfasste ihre Brust und zeichnete den Umriss ihrer Brustwarze durch ihre Bluse.

Es ließ sie ein wenig zittern.

"Sie schienen sicher zu wissen, was sie tun wollten, als wir uns küssten und zusammenschoben."

Er beugte sich über sie und zwang sie, sich hinzulegen, bis sie auf dem Boden lag.

"Lass mich dir zeigen, Samy. Lass mich dir zeigen, dass du mehr bist als du denkst."

Seine Lippen glitten gegen ihre, bevor sie über ihren Nacken und über die dünne Bluse glitten, die ihre Brüste bedeckte.

Ihr Atem stockte in ihrer Kehle, als seine Lippen zuerst eine Brustwarze und dann die andere fanden und langsam saugten, als sie sich in seine Berührung wölbte.

Seine Finger fanden geschickt den Saum ihrer Bluse und begannen ihn langsam hochzuziehen, wobei sie ihre Haut neckten, als sie enthüllt wurde.

Er hob sie an ihren Brüsten vorbei und hielt sie direkt über sie, als er ihre rechte Brust küsste und ihre Haut genoss.

Sie stöhnte, als James endlich seine Lippen auf ihre Brust legte, die Brustwarze zwischen seine Zähne nahm und sanft daran zog, bevor er daran saugte.

Sie stöhnte noch lauter, als seine Hand begann, ihre andere Brust zu kneten und seine Handfläche wiederholt über ihre Brustwarze rollte.

"Siehst du?" Er atmete gegen ihre Haut. "Du bist die perfekte Frau".

Er begann sie auf dem Weg nach unten zu küssen und umkreiste ihren Bauchnabel mit seiner Zunge.

James lächelte sie an, als er nach ihrem Rock griff und anstatt ihn zu senken, schob er ihn hoch.

Der vordere Teil war zurückgeklappt und im nächsten Moment platzierte er sanfte, verspielte Küsse auf ihrem heißen Hügel über ihrem Höschen.

Sie war schon nass.

Er konnte es durch ihr Höschen fühlen, als er seine Nase an ihr rieb.

Sie zitterte unter ihm und er streichelte sanft seine Finger auf und ab, als er seine Zähne benutzte, um ihr Höschen nach unten zu schieben.

Er küsste sie erneut, keine Barriere zwischen seinen Lippen und ihrer Muschi schon.

Er begann seine Zunge über ihren Schlitz zu schieben und sie stöhnte, ihre Hüften bogen sich wild, so dass er seine Zunge tief in sie drückte und sie über ihren Kitzler fuhr.

Samy stöhnte und bog sich gegen seine Zunge, Vergnügen strömte durch sie, als er seine Zähne gegen ihren Kitzler putzte und einen Finger in sie schob.

"Ich habe gelogen", hauchte er gegen ihren Kitzler. "Ich habe nicht nur vergessen, wie man atmet."

James saugte sanft an ihrem Kitzler und sein Finger pumpte in ihre Spannung hinein und aus ihr heraus.

"Ich bin fast in meine Hose gekommen, nur um dich zuerst zu sehen."

Ihre Finger griffen nach seinen Haaren und er lächelte gegen ihre Muschi, als er einen zweiten Finger in sie schob und seine Zunge wiederholt über ihren Kitzler fuhr, bis ihr Körper unter seinem Mund zitterte.

Seine Finger streichelten sie rein und raus, erregten sie und überredeten ihren Körper zu reagieren, bis sie sich gegen seine Hand und Zunge balancierte.

"James", ihre Stimme stockte fast, als sie sich in seiner Hand drehte. "Bitte hör jetzt nicht auf!"

Seine Worte kamen in einem sanften verschwörerischen Ton heraus, aber es wurde schnell lauter, als sie entzückt aufschrie.

Er knabberte sanft an ihrem Kitzler und jetzt saugte er hart an ihr und seine Finger drückten fest in sie hinein und nahmen ihren Höhepunkt.

Er leckte eifrig ihre Säfte und als das Zittern seines Körpers langsamer wurde,

Als er fertig war, ging er über sie hinweg.

Er lächelte und lehnte seine Stirn an ihre und ließ seinen Körper gegen ihre streichen, als er in ihre Augen sah.

"Ich habe dir gesagt, du bist genauso eine Frau wie sie, wenn nicht mehr."

Seine Augen schimmerten mit etwas, das Zweifel gewesen sein könnte, als er in James 'Augen sah, aber dann ließ er seine Finger über seine Brust und bis zu der harten Ausbuchtung in seiner Hose laufen.

"Ist das der Grund, warum du es so schwer hast?

Warum bin ich eine Frau wie sie? "

Ihre Finger berührten seinen Schwanz auf und ab und er konnte das Stöhnen nicht unterdrücken, das an seinen Lippen vorbeiging.

Er hatte jedoch keine Chance zu antworten, als ihre Lippen seine fanden und alle Gedanken aus seinem Kopf gelöscht wurden.

Ihre Finger glitten zu seiner Brust und er begann geschickt sein Hemd aufzuknöpfen.

Er zog es schnell aus seiner Hose und schob ihn beiseite, während er sein Hemd komplett auszog.

Der Knopf an seiner Hose riss auf und der Reißverschluss rutschte fast von alleine.

Sie zog seine Hosen und Boxer so weit herunter, dass er seinen Schwanz losließ, schlang ihre kleine Hand darum und streichelte sie langsam, so dass er stöhnte und sich eifrig gegen ihre Hand drückte.

Er stöhnte verärgert und stand auf, zog seine Hosen und Boxer in einer Bewegung aus und drehte sich zu ihr um.

Sie war jetzt auf den Knien und lächelte ihn an, als sie erneut ihre Hand um ihn legte.

Er beugte sich über sie, streichelte sie langsam und schloss seine Augen.

Im nächsten Moment teilte er sie jedoch, als ihre Lippen sich um seinen Schwanz legten und sie langsam auf seinem harten Glied auf und ab bewegten.

Er legte nun seine Hände auf ihren Hinterkopf und begann sie langsam in seinen Mund hinein und heraus zu schieben. Er stöhnte, als sie ihn bei jeder Bewegung saugte.

Es dauerte nicht lange, bis die leichten Striche schnell und kurz wurden. Samy saugte stärker, je schneller er seinen Kopf bewegte.

Seine Hand streichelte seine Eier und rollte sie hin und her, während sich ihr Mund um ihn zusammenzog.

Als sie mit ihrer Zunge auf dem Kopf seines Schwanzes spielte, explodierte er in ihrem Mund.

Sie schluckte schnell, als er seinen Spritzer auf sie senkte und ihren Mund und Hals gegen seinen Schwanz drückte, was ihn noch härter und mit mehr Spritzen kommen ließ, bis er sich schließlich erschöpfte.

Er schob seinen Schwanz langsam aus seinem Mund und ließ seinen Blick auf den Boden fallen.

Er fiel vor ihr auf die Knie und legte seine Hand auf ihre Wange.

Sie waren nur einen Schritt entfernt, als James 'Finger über die Seite ihres Gesichts fuhr, seinen Finger unter ihr Kinn senkte und ihre Augen zu seinem hob.

"Wir sind noch nicht fertig."

Seine Stimme war so leise, dass ihr Schüttelfrost über den Rücken lief, als sie ihn verwundert anstarrte.

Er beugte sich vor und drückte seine Lippen gegen sie, um den Kuss schnell zu vertiefen.

Als seine Zunge an ihren Lippen vorbeiging, glitt eine Hand hinter sie und zog sie an sich, so dass sie Fleisch an Fleisch waren.

Seine Brustwarzen drückten sich freudig gegen seine Brust und seine neue Erektion drückte fest gegen seine unteren Bauchmuskeln.

Sie bewegte sich und rieb ihren Körper langsam an ihm, was ihn zum Stöhnen brachte, als ihr Kuss fieberhaft wurde.

Er legte sie zurück und schob ihren Rock über ihre Beine.

Er sah sie einen langen Moment an, bevor er sich bewegte.

Er beugte sich wieder über sie und gab ihr einen leichten Kuss auf den Bauch, direkt über ihrem Nabel.

Er lächelte gegen ihre warme Haut und begann sich nach oben zu küssen, umgekehrt zu seinen vorherigen Handlungen.

Seine Lippen spielten kaum gegen ihre Brüste, bevor sie sich auf ihren Nacken legten und ihren Herzschlag streichelten.

Er pochte zwischen ihren Beinen, sein Schwanz drückte gegen ihren nassen Schlitz, als sie ihre Beine um seine Taille schlang und er seine Arme um sie legte.

In einer schnellen Bewegung saß James mit ihr auf seinem Schoß und drückte, wenn möglich, seinen Schwanz noch mehr gegen sie.

Sie wand sich ein wenig und er stöhnte.

Er küsste sie direkt unter ihrem Ohr und zog sanft an ihrem Ohrläppchen.

"Sag mir, Samy, willst du es?"

Sein Atem war heiß auf ihrer Haut und sie zitterte.

"Willst du, dass mein großer, harter Schwanz in dir vergraben ist?"

Samys Antwort klang fast wie ein Stöhnen, als sie sich an ihm rieb.

"Ja. Bitte James, ich wollte das seit ...", aber sie blieb schnell stehen, errötete immer noch auf ihren Wangen und sah weg.

James hatte keine Ahnung davon.

Er zwang seinen Blick zurück zu ihrem und lehnte seine Erektion an sie.

"Beende, was du gesagt hast."

Sie stöhnte und ihre Nägel gruben sich leicht in seine Haut.

"Ich wollte das, seit ich dich getroffen habe."

"Also sag mir, wie sehr du es willst."

Es war keine Forderung, eher eine Bitte, als er seine Finger über ihre Brüste fuhr und langsam ihr Fleisch knetete.

Er konnte fühlen, wie ihre Hitze gegen seinen Schwanz strahlte, und er tat sein Bestes, um ihn nicht einfach zu werfen und zu nehmen.

Ihre Antwort überraschte ihn und erschütterte die Selbstbeherrschung, die er benutzt hatte.

"Ich will es nicht. Ich brauche es, James."

Ihre Augen waren jetzt auf seine gerichtet und er stöhnte leise gegen ihre Haut, als sie näher kam.

"Ich brauche es so sehr, ich habe so lange davon geträumt. Bitte. Du musst mich ficken."

Er konnte ihr das nicht mehr verweigern.

Danach konnte er sich nicht länger zurückhalten.

Er hob sie hoch, bis der Kopf seines Schwanzes gegen ihre Öffnung drückte und ließ ihn dann schnell auf sie fallen.

Sie stöhnten beide.

Ihre Muschi war so eng um seinen Schwanz, dass er, als er anfing, ihn auf seinem Schwanz auf und ab zu bewegen, und seine harte Länge in ihr noch größer zu sein schien.

Sie stöhnte und begann mit ihren Beinen auf seinen Schwanz zu springen.

Ihre Brüste prallten frei gegen ihn und ihre Brustwarzen riefen nach ihm, als er sich vorbeugte und anfing zu saugen.

Sie stöhnte und sprang schneller auf seinen Schwanz, drückte sich immer wieder.

Seine Lippen neckten ihre Brustwarzen, zogen und saugten, dann fuhr er mit seiner Zunge über sie und knabberte, als er hüpfte, gegen ihre Haut stöhnte und Vibrationen durch seine Bisse sandte.

Ihre Muschi war so nass, dass die Feuchtigkeit über seinen Schwanz lief und er stöhnte, als sie absichtlich seinen Schlitz um ihn drückte, was ihn dazu brachte, ihr mehr zu widerstehen.

Er bog sie beide so, dass sie wieder auf dem Rücken im Gras lag und fing an, seinen Schwanz hart in sie hinein und heraus zu schlagen.

Samy stöhnte noch lauter, ihre Nägel kratzten sie zurück, als ein weiterer starker Stoß sie zu ihrem Höhepunkt zurückbrachte.

Der enge Krampf um seinen Schwanz ließ James auch schnell kommen und er knallte noch schneller in sie hinein und knurrte, als sein heißes Sperma sie füllte, bis es über ihre Schenkel lief.

Er fiel keuchend zur Seite.

Dann zog er sie zu sich und hinterließ sanfte Küsse auf ihrer Gesichtsseite.

"Nun, wird es noch fünf Jahre dauern, bis du mutig genug bist, das noch einmal zu tun?"

Er lächelte und küsste ihre Lippen.

"Nicht immer, James."

Samy lächelte und strich mit ihren Lippen über seine.

"Gut, weil ich nicht glaube, dass ich meine Hände länger als ein oder zwei Tage von dir lassen kann."

Samys Lachen hallte über den See und James lächelte, als er sich aufsetzte und sie tief küsste.

Dies könnte definitiv der Beginn von etwas sehr Interessantem sein.

UNERWARTETER EMPFANG

51

Glenn kommt von einem anstrengenden Arbeitstag nach Hause und lässt seine Aktentasche und seinen Mantel an der Tür stehen.

Er findet das Haus ungewöhnlich ruhig, achtet aber nicht besonders darauf und geht ins Schlafzimmer.

Als er die Treppe hinaufsteigt, riecht er den wunderbaren Duft des Parfüms seiner geliebten Frau Susan.

Als er den Treppenabsatz erreicht, hört er leise Musikgeräusche, die leise durch seine Schlafzimmertür dringen.

Er macht keine Geräusche und öffnet langsam die Tür.

"Susan?" sagt er mit ziemlich tiefer männlicher Stimme.

Als sich die Tür immer weiter öffnet, lässt ihn der Anblick ihres nackten Körpers, der auf dem Bett liegt, zittern.

"Ja Baby." sagt sie mit schwüler Stimme.

Er geht auf das Bett zu, aber sie signalisiert ihm, dass er aufhören soll.

Verwirrt tut er, was sie ihm sagt, um zu wissen, dass sie etwas im Sinn hat.

Sie steht auf.

Sein Körper bewegt sich mit großer Anmut.

Er kann nicht anders, als sich auf ihre üppige Brust zu fixieren und sich leicht zu bewegen, als sie auf ihn zugeht.

Fühle, wie sich dein Schwanz versteift, wenn deine Gedanken durchgehen

"Sie ist so schön".

Sie streckt ihre Hände aus und schnallt seinen Gürtel ab.

Auch seine Hose knöpft er auf und zieht sie runter.

Das lässt ihn vor Aufregung zittern.

Als sie ihn so aufgeregt sieht, lächelt sie und zieht seine Boxer mit dem hungrigen Bedürfnis nach unten, sein hartes Glied zu lutschen.

Sie legt sanft ihre Hände auf seinen jetzt aufrechten Schwanz und streichelt ihn langsam.

Dann streckt er die Zunge heraus und leckt sich den Kopf, bevor er ihn in den Mund nimmt.

Er stöhnt, als sie anfängt, seinen harten Schwanz zu lutschen.

Bewegen Sie es schneller und schneller in seinen Mund hinein und aus ihm heraus.

Kehren Sie dann langsam zu einem tiefen Schlag zurück und rollen Sie Ihre Zunge um den Kopf, während Sie ihn mit Ihrer Hand streicheln.

Er stöhnt, als ihre Hand den rosa Kopf seines Schwanzes streichelt.

Dann leckt er seine Eier bis zur Spitze seines Schwanzes.

Sie nimmt es aus ihrem Mund und steht auf, um ihn leidenschaftlich zu küssen, während sie sein Hemd auszieht.

Er schlang seine warmen Arme um sie, zog sie näher an sich und spürte, wie ihre Brüste gegen seine Brust gedrückt wurden.

Während sie sich küssen, laufen seine Hände über ihren Körper und fühlen ihre weiche Haut unter seinen Fingerspitzen.

Seine Hände bewegen sich über ihren Hintern und er drückt ihn fest.

Er hebt sie in ihren Arsch, indem er seine Beine um ihre Taille legt und zum Bett geht.

Er legt sie sanft hin und bewegt sich auf sie.

Er küsst sie tief bis zu ihrem Hals und ihrer Brust.

Langsam leckt er näher und näher an ihrer rechten Brust, jetzt errichtete er die Brustwarze.

Er steckt ihre Brustwarze in seinen Mund, saugt daran und beißt sie sanft.

Er bewegt sich zur anderen Brust, greift nach unten und beginnt, ihren Kitzler zu reiben, wodurch sie ihre Atmung erhöht und anfängt, leicht zu stöhnen.

Er reibt sich schneller, als er ihren Bauch küsst und sich auf ihren Bauchnabel konzentriert.

Sie hat das Gefühl, dass sie sehr nass wird und ihre Atmung schneller wird.

Er küsst ihren süßen Hügel und ersetzt dann seine Finger durch seine Zunge.

Saugen und sanft in ihren Kitzler beißen.

Dies schickt sie auf eine Welle des Vergnügens und stöhnt.

Dann führt er einen Finger über die Lippen ihrer geschwollenen Fotze in diese geheime, rutschige Stelle.

Er schiebt seinen Finger langsam hinein und heraus und stürzt dann einen weiteren Finger ein, während sie stöhnt.

Er konzentriert sich weiterhin darauf, an ihrem Kitzler zu saugen, während seine Finger diesen besonderen Ort in ihr, von dem er weiß, dass er sie absolut verrückt macht, kostbar schlagen.

Sie stöhnt laut und spürt ein Kribbeln von ihrem rechten Bein hoch und um ihren Körper herum und raus auf ihr linkes Bein.

"Oh Baby!" sie stöhnt, "Das fühlt sich so gut an!"

Glenn weiß, dass sie, wenn sie so weitermacht, definitiv an ihre Grenzen gehen wird, also verlangsamt er sich und küsst ihren Körper zurück, um ihren Mund zu verschlingen.

Sie teilen einen leidenschaftlichen Kuss.

Ihre Zungen tanzen zusammen.

Er nimmt seine Finger von ihrer jetzt durchnässten Muschi und beginnt ihre rechte Brust zu massieren.

Ihr Stöhnen wurde durch Küsse unterdrückt.

Der Kuss bricht und sie flüstert ihm ins Ohr:

"Ich brauche dich in mir, Baby."

Die Erwähnung seines harten Schwanzes, der in die feuchte Muschi seines Geliebten gleitet, lässt ihn vor Geilheit knurren und sich auf sie bewegen.

Er spreizt ihre Beine mit ihren Hüften und positioniert sich, um in sie einzutreten.

Spielen Sie damit, setzen Sie nur den Kopf ein und ziehen Sie sich dann langsam zurück.

"Bitte gib mir alles." sie fleht ihn an, aber er setzt sich durch und folgt dem Rhythmus des Spiels, indem er nur die Spitze stößt und sie zurückzieht, wenn sie anfängt zu stöhnen.

Schließlich treibt er an einem unerwarteten Punkt seinen harten Schwanz bis zum Ende, um sie zum Schreien zu bringen.

Er beginnt langsam mit langen, harten Stößen in sie hinein und heraus zu schieben.

Er beginnt stärker und schneller zu streicheln und zieht ihren Hintern für ein tieferes Eindringen.

"Oh Gott, du fühlst dich so gut in mir. Ich liebe dich so sehr, wenn du meine Muschi fickst."

Daraufhin knurrt er und zieht sich plötzlich zurück.

Er deutet ihr an, sich umzudrehen, und sie tut dies schnell mit einem Sprung der Aufregung.

Er weiß, dass es eine seiner Lieblingspositionen ist, sie von hinten zu betreten, und er liebt es auch, es ihr so zu geben.

Er steckt seinen Schwanz in sie und beginnt hart und schnell zu stoßen.

Sie stöhnt laut und sagt es ihm lauter.

Er liebt es, seine schöne Frau zu ficken, also wird er immer härter mit ihr.

Sein Körper und seine Eier schlugen gegen seinen jetzt roten Arsch.

Sie beginnt zu ihren Stößen zurückzukehren und drückt seinen Schwanz noch tiefer.

Sie stöhnen beide vor Vergnügen.

"Oh, ich werde kommen, Baby. Bist du bereit für meine Milch?"

"Oh ja Baby, ich werde auch kommen."

Noch ein paar Streicheleinheiten und Susan schreit vor Vergnügen und ihr Körper beginnt zu zittern, als ihr Orgasmus sie überwältigt.

Glenn spürt, wie die Wände ihrer Muschi anfangen, seinen Schwanz zu melken und sie kann es nicht mehr ertragen.

Er knurrt ihren Namen und schießt sein heißes Sperma tief in ihre jetzt cremige und feuchte Muschi.

Susan, erschöpft von seiner Explosion, ruht auf ihren Ellbogen, als sie spürt, wie er noch ein paar Spritzer Sperma in sie spritzt.

Zufrieden und versucht, nicht auf sie zu fallen, zieht er sich langsam von ihrer Muschi zurück und packt sie an der Taille und zieht sie mit sich auf das Bett.

Sie schauen sich in die Augen, beide getrübt von den mächtigen Orgasmen, die vor wenigen Sekunden durch ihren Körper gegangen waren.

Eine Befriedigung der gegenseitigen Bekanntschaft bleibt im Raum, als die beiden in den Armen des anderen einschlafen.

UNZUFRIEDEN

57

Es ist ein kühler Morgen.

Ich muss zur Arbeit gehen, aber ich habe keine Lust aufzustehen.

Hier liegend denke ich daran, dich zu lieben.

Ich kann sehen, wie deine Augen mich ansehen und mich anlächeln.

Ich kann bereits die Hitze in meinem Schritt spüren.

Ich schiebe meine Hand sanft über meine Brüste, als ob deine Augen ihr folgen würden.

Meine Brustwarzen reagieren sofort und verhärten sich.

Ich hebe meine Brust, um sanft eine Brustwarze in meinen Mund zu saugen.

Ich spüre, wie sich deine Lippen um die andere Brustwarze schließen und ein tiefes Stöhnen aus meinen Lippen entweicht.

Ich fühle den Saft, als er aus meiner Muschi herausrutscht.

Ich bewege meine Hände um meinen Bauch und dann zu meinem Bauch und stelle mir vor, wie deine Hände mich berühren.

Ich schiebe langsam meinen Mittelfinger in die Feuchtigkeit und Hitze.

Ich drücke meinen Finger, als wäre dein Schwanz tief in mir vergraben.

Wenn ich meinen Finger hinein und heraus schiebe, beginnen sich meine Hüften in einer kreisenden Bewegung zu bewegen.

Ich spüre, wie mein Finger mehr von dem Gefühl will, das erzeugt wird.

Die Handfläche hat den Saft aufgefangen, der jetzt aus meiner Muschi kommt.

Ich lecke den süßen Geschmack meiner Handfläche und schiebe meinen langen Finger in meinen Mund. Ich stelle mir vor, es ist dein köstlicher Schwanz.

Ich umkreise langsam meine Fingerspitze mit meiner Zunge, als wäre es der Kopf deines Schwanzes.

Ich bewege meine Zunge über meinen Finger und drehe mich herum, um jedes Stück Saft aufzufangen.

Ich schließe meine Lippen fest an der Basis meines Fingers und schiebe meinen Mund zur Spitze und beginne, meine Zunge um die Oberseite meines Fingers zu legen.

Was stellst du dir vor, dass dein Schwanz in meinem Mund vergraben ist?

Ich beobachte, wie sich mein Kopf auf und ab bewegt und tief in meinen Hals saugt, während die Muskeln in meinem Mund arbeiten.

Ich lutsche deinen Schwanz und du kannst fühlen, wie meine Zunge und mein Mund dich lutschen, so wie ich mich fühle, als hättest du meine Brustwarzen gelutscht.

Meine Zunge bewegt sich überall, meine nassen Lippen bewegen sich ständig mit dem Bedürfnis, dich härter, schneller und tiefer zu saugen.

Ich bin sehr aufgeregt über die Idee, mich in mir begraben zu fühlen.

Ich nehme meinen Finger und schiebe ihn zurück in meine Muschi, um sicherzustellen, dass er durchnässt ist.

Ich nehme meinen Finger heraus und reibe ihn über meinen Schlitz und tauche ihn erneut ein, um mehr Feuchtigkeit zu bekommen.

Diesmal reibe ich auch mein enges Arschloch.

Ich schiebe langsam einen Finger hinein und der Orgasmus ist sofort.

Ich würde es lieben, wenn du mich gleichzeitig mit deinen Fingern und deinem Schwanz fickst.

Ich liebe die Idee, von dir erfüllt zu werden.

Ich rolle mich auf den Bauch und beginne mit beiden Händen an meinem Kitzler zu arbeiten.

Ich bewege meine Hände zu meinem Bauch und drücke fest auf meinen süßen Hügel.

Ich ficke mit meinen Händen, bis ich fühle, dass dieses Gefühl beginnt.

Das Gefühl beginnt ganz unten und lässt mich quetschen, wenn ich wieder abspritze.

Ich bewege meine Hüften schneller, meine Füße kriechen vor der Notwendigkeit, innerlich zu explodieren, während ich mich selbst mit den Fingern ficke.

Ein langes, tiefes, kehliges Stöhnen entweicht, als ich meinen Höhepunkt erreiche und explodiere.

Erschöpft lege ich mich auf den Rücken, denke über das nach, was ich gerade erlebt habe, und bin wieder aufgeregt.

Ich frage mich immer wieder: "Was ist das für ein Zauber, den du auf mich hast?"

Kein Mann hat mich so angemacht wie Sie.

Ich sehe dich in meinem Kopf, den liebevollen und sexy Mann, der du bist.

Ich kann deine weichen, süßen Lippen auf meinen fühlen.

Die Art, wie deine seidige Zunge meine Lippen und das weiche Knabbern deiner Zähne umreißt.

Die Art, wie deine Zunge tief in meinen Mund gleitet und den Hunger schmeckt, den ich für dich habe.

Die Art, wie deine Zunge meine umgibt und der süße Austausch deines Speichels sich mit meiner vermischt.

Ich kann deinen heißen Mund fühlen, wenn er sich in Richtung meines Ohrs bewegt, und die Wärme deiner Zungenspitze, wenn er nach innen fliegt.

Das leise Flüstern meines Namens bringt einen Schwall Sperma direkt in meine süße Muschi und dein Mund bewegt sich zu meinen harten, aufrechten Brustwarzen.

Langsam umgibt deine Zunge meine linke Brustwarze und du bläst so sanft.

Du machst deinen Mund wegen meiner reaktiven Härte zu und ich stöhne.

Meine rechte Hand beginnt über meine Brustwarzen zu gleiten und ich hebe meine linke Brust in Richtung meines Mundes, um sanft an der

Brustwarze zu saugen und nachzuahmen, wie sich Ihr Mund anfühlen würde.

Langsam gleiten meine Finger über meine Rippen zu meinem Bauch und die langen, dünnen Finger meiner Hand erreichen meinen süßen Kitzler.

Sanft streichen die Spitzen gegen den Knopf und mein Mittelfinger gleitet zum ersten Knöchel, um die Feuchtigkeit zu spüren, die sich dort angesammelt hat.

Ich schiebe meinen Finger tief, um dein Sperma freizugeben und den Honigsaft in meiner Handfläche zu fangen.

Ich lecke den Saft von meiner Handfläche und genieße den Geschmack und Geruch von Sex.

Ich schiebe meinen Mittelfinger bis zum ersten Knöchel in meinen Mund und stelle mir vor, es sei der Kopf deines Schwanzes.

Langsam wirbelt meine Zunge und schmeckt wieder den Saft und ich weiß, dass es dein Pre-Sperma ist, das ich auf meiner Zunge schmecke.

Mein heißer, nasser Mund gleitet über meinen Finger, als wäre es dein heißes, geschwollenes Glied.

Mein Mund schließt sich vollständig und gleitet bis zur Spitze, während mein enger Mund nur den imaginären Kopf Ihres seidigen Schwanzes saugt.

Während ich das Tempo beschleunige, mit dem ich meinen Finger in meinen Mund ficke, kann ich fast die Spannung in deinen Bällen spüren, als das Sperma anfängt zu steigen.

In diesem Gedanken spüre ich, wie die Nässe aus meiner Muschi kriecht und ich weiß, dass ich mich selbst ficken muss.

Ich rolle mich schnell auf den Bauch, meine Hände suchen nach meiner Muschi.

Ich drücke sie fest gegen meinen Hügel, meine Fingerspitzen finden meinen Kitzler.

Meine Hüften beginnen sich langsam, rund und rund zu drehen, während sich meine Fuß- und Beinmuskeln anspannen und meine Finger meine süße Muschi bearbeiten.

Ich sehe zu, wie du von hinten hereinkommst und dir deinen Schwanz vorstellst, der von meinen Säften getränkt ist und in der Nässe glitzert, wenn er in meine Muschi hinein- und herausgleitet.

Oh verdammt, ich bin so verdammt erregt, als meine Finger und Handflächen fest drücken ... so fest sie können, wie ich ihren Höhepunkt erreiche.

Meine Füße und Beine sind geballt, mein Körper schaudert vor Intensität.

Ich rolle mich auf den Rücken und stelle mir deinen süßen, pochenden Schwanz in meiner durstigen Muschi vor.

Meine Muschimuskeln spannen sich weiter an, als würden sie das Sperma von deinem Schwanz saugen.

Und dann ja, ich kann fast deine heiße Zunge fühlen, wenn sie meinen Schlitz auf und ab gleitet.

Dein Mund schließt sich auf den Lippen meiner Muschi und die schnelle Bewegung deiner Zunge lässt mich in deinem Mund abspritzen.

Und du stehst auf, spreizst meinen Körper und schiebst deinen spermagetränkten Schwanz in meinen Mund.

Ich genieße den Geschmack unserer gemischten Säfte, während ich sauber lutsche und lecke.

Ich lasse mich auf das Bett fallen, mein Körper zittert und kribbelt immer noch.

Was für ein wunderbares Gefühl lässt du mich mit dir fühlen.

ENDE

Don't miss out!

Visit the website below and you can sign up to receive emails whenever Erika Sanders publishes a new book. There's no charge and no obligation.

https://books2read.com/r/B-A-IGGS-WNJOC

BOOKS 2 READ

Connecting independent readers to independent writers.